LE TRESOR

DES PIECES RARES OU INEDITES

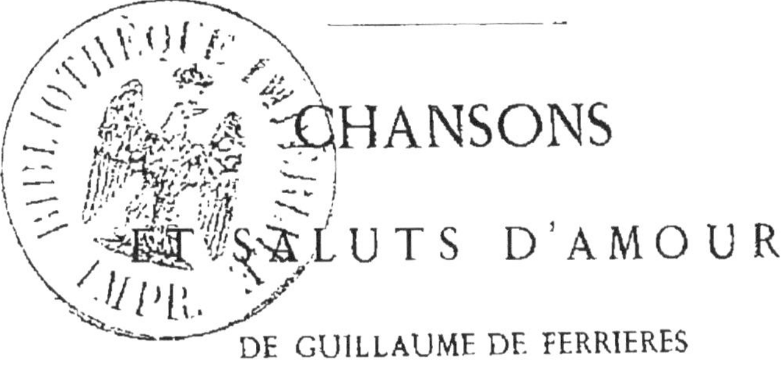

CHANSONS

ET SALUTS D'AMOUR

DE GUILLAUME DE FERRIERES

TIRÉ A 250 EXEMPLAIRES :

225 sur papier vergé ;
  4 sur papier de Chine ;
 12 sur papier de couleur ;
  8 sur papier vélin.
  2 sur peau de vélin.

SE TROUVE A CHARTRES

CHEZ GARNIER, LIBRAIRE

Imprimé chez BONAVENTURE et DUCESSOIS,
quai des Augustins, 55.

CHANSONS
ET SALUTS D'AMOUR

DE GUILLAUME DE FERRIERES

DIT

LE VIDAME DE CHARTRES

LA PLUPART INÉDITS

RÉUNIS POUR LA PREMIÈRE FOIS AVEC LES VARIANTES
DE TOUS LES MANUSCRITS

PRÉCÉDÉS D'UNE NOTICE SUR L'AUTEUR

PAR M. LOUIS LACOUR

A PARIS

CHEZ AUG. AUBRY, LIBRAIRE

RUE DAUPHINE, N. 16.

—

M D CCC LVI

A

Monsieur Michel CHASLES

Membre de l'Institut.

HOMMAGE

DE SON TRES-HUMBLE ET TRES-RESPECTUEUX COMPATRIOTE

A AUBRY

Petit livret, va-t'en à l'adventure,
Portant au front le nom que t'ay donné;
Et ne crains rien : car j'ai eu bon augure
De voir ton loz par gausseurs entonné.
Mais si quelqu'un, de rage forcené,
Vouloit sur toy vomir sa mesdisance,
Le reprenant de son outrecuidance,
Fuy loing de luy, à fin qu'il ne te grippe:
Et s'il vouloit te faire violence,
Rechasse le du baston d'Aristippe.

NOTICE

sur

GUILLAUME DE FERRIERE

DIT LE

VIDAME DE CHARTRES

NOTICE

SUR

GUILLAUME DE FERRIERE

L en est de la poésie comme de la vertu, où l'on aurait nié sa présence, on est tout surpris de la rencontrer. Voyez le pays Chartrain : peu de contrées paraissent moins favorables au développement d'un génie poétique[1]; à combien

---

[1] Qu'on en juge : « C'est en général un pays plat, il n'est, à proprement parler, qu'une vaste plaine dont l'œil ne peut mesurer l'étendue. De quelque côté que se portent les regards, à peine aperçoit-on quelques arbres, quelques habitations, et le voyageur étonné se demande où sont les hommes qui ont ensemencé tous

d'excellents poëtes cependant a-t-il donné le jour[1]? Ce fait, d'abord étonnant, ne tarde pas à s'expliquer. Les esprits réellement poétiques, nés sur un sol où tout les favorise, jouissent dans le silence des impressions délicieuses que leur cause la nature, les concentrent en eux-mêmes et n'éprouvent que rarement le besoin de les faire partager à leurs compatriotes: ils ne comprennent pas que ceux-ci, témoins des mêmes spectacles, admis aux mêmes joies intimes, puissent autrement penser qu'eux. Au contraire, dans les pays où l'imagination se cherche en vain des aliments, où ciel et terre,

---

ces guérets... Deux vents se partagent inégalement les trois quarts du département, le nord et le sud-ouest. Le dernier promet et amène quelquefois la pluie, l'autre produit le froid et toujours la sécheresse... C'est le nord-est qui pendant tous les printemps nous donne tant de maux de gorge, d'angines, de péripneumonies, etc., et rend en quelque sorte ces maladies endémiques dans le pays. » *Essai de Topographie médicale du département d'Eure-et-Loir*, par L. Cosme, Paris, an XI, broch. in-12, pages 3 et 27.

[1] Voy. *Histoire de Chartres*, par Doyen, 1786. 2 vol. in-8, table.

d'une désespérante monotonie, n'inspirent à l'âme que des sentiments vulgaires, dans ces pays, dis-je, les instincts poétiques sont contraints de se former un idéal que bientôt ils révèlent aux hommes parmi lesquels ils vivent. On reçoit avec enthousiasme ces chants qui répondent à un véritable besoin, et ce bon accueil encourage d'autres poëtes à ne pas rester inactifs. Ainsi l'homme riche qui trouve dans l'or la satisfaction de toutes ses fantaisies peut laisser dormir son intelligence, tandis que le pauvre est obligé de la cultiver pour s'en servir comme d'un gagne-pain.

Le plus ancien des poëtes dont le pays Chartrain se puisse enorgueillir est Guillaume de Ferrière, généralement connu sous le nom de vidame de Chartres[1]. Depuis Fauchet, divers critiques et historiens littéraires ont parlé de lui avec éloge; mais aucun n'avait eu l'idée de réunir ses poésies éparses dans plusieurs

---

[1] On l'a aussi appelé Guillaume de Chartres; mais il faut bien se garder de le confondre avec l'historiographe son homonyme.

manuscrits. Ce travail, que nous mettons aujourd'hui sous les yeux des lecteurs, a besoin de quelques préliminaires : nous le ferons précéder d'une courte notice sur la vie et les œuvres de Guillaume de Ferrière.

A aucune époque du moyen-âge le titre de vidame, et en particulier celui de vidame de Chartres, n'a été une qualification d'une médiocre valeur. Au xviie siècle même, il était loin d'être tombé comme tant d'autres en désuétude, à en croire l'un des plus illustres écrivains de cette époque, qui lui-même l'a porté. Voici ses paroles :

« Les titres de comte et de marquis sont tombés dans la poussière par la quantité de gens de rien, et même sans terre, qui les usurpent, si bien même que les gens de qualité qui sont marquis ou comtes, qu'ils me permettent de le dire, ont le ridicule d'être blessés qu'on leur donne ces titres en parlant à eux. Il reste pourtant vrai que ces titres émanent d'une érection de terre et d'une grâce du roi ; et, quoique cela n'ait plus de distinction, que ces titres dans leur origine et bien longtemps depuis, ont eu des fonctions, et que leurs distinctions ont duré bien au delà de ces fonctions. Les vidames, au contraire, ne sont que les premiers officiers de la maison de certains évêques, par un fief inféodé d'eux, et, à titre de leurs premiers vassaux, conduisoient tous leurs autres vassaux à la guerre, du temps qu'elle se faisoit ainsi entre les seigneurs, les uns contre les autres, ou dans les armées que nos rois assembloient contre leurs ennemis, avant qu'ils eussent établi leur milice... Il n'y eut donc jamais de comparaison entre le titre de vidame qui ne marque que le vassal et l'officier d'un évêque, et les titres qui, par fiefs, émanent des rois. Mais comme on n'a guère connu de vidame que ceux de Laon, d'Amiens, du Mans et de Chartres... ce nom de vidame de Chartres a paru beau [1]. »

Saint-Simon dit juste ; bien plus, son récit a l'avantage d'offrir en peu de mots un historique du titre, encore mal connu, de vidame.

---

[1] Saint-Simon, *Mémoires complets et authentiques*, publiés par le marquis de Saint-Simon. Paris, Delloye, 1842. 20 vol. in-12 t. III, p. 240. L'excellente édition de M. Chéruel n'avait point encore paru au moment de la rédaction de cette notice.

Après la mort d'Étienne, que l'on croit avoir été dixième vidame de Chartres, cette charge tomba en quenouille : l'héritière, du nom d'Élisabeth, sœur du défunt, la transmit à son mari, Guillaume de Ferrière, puis à son fils, notre poëte.

L'histoire mentionne ce dernier comme l'un des chefs de la quatrième croisade. Il quitta la France avec un grand nombre de chevaliers, au nombre desquels nous remarquons : Louis, comte de Chartres et de Blois; Milles, comte de Bar; Valeran d'Auneau; Yves de Courville; etc. Néanmoins, il ne prit pas part, loin de là, aux plus importantes opérations de la campagne. On avait commencé le siége de Zara, dans l'intérêt de Venise, comme on sait; quelques-uns de nos seigneurs, las déjà, ou plutôt peu soucieux de l'avenir que le ciel réservait à leurs armes, ne cherchaient qu'un moyen de retourner dans leur patrie où les attendaient parents et amis; après plusieurs infructueuses tentatives, l'un d'eux, Renaut de Montmirail, « mout granz hom, » dit Villehardouin, s'avisa d'une ruse nouvelle — et bonne,—puisqu'elle réussit.

S'étant conquis l'affection du comte Louis, il demanda pour soi et pour ceux de ses compagnons qu'animait un désir semblable au sien, un message en Syrie : on n'osa leur refuser; mais avant de partir, ils jurèrent sur les livres saints, que dès l'accomplissement de leur mission, sans tarder d'une semaine, ils songeraient au retour : « Par ceste convenance,—dit toujours Villehardouin,—s'en partist il de l'ost et un sien neveu avec li, qui avoit non Hervis del Chastel, Guillaumes li vidame de Chartres, Joffrois de Biaumont, Jehan de Freteville, Pierre de Forejule, ses frères et maint autre; mais li sairement qui furent juré, ne furent mie bien enu; car il ne reparierent pas en l'ost[1]. »

L'amour — c'était cette passion qui ramenait en France notre fugitif, — lui inspira dans ce temps-là ses délicieuses poésies. Dès leur apparition, célèbres, comme l'attestent les nombreuses copies qui nous en sont parvenues[2],

[1] Leçons des Mss. 687 et 455, S. F. de la Bibl. Imp.

[2] Autres preuves : toutes ont été mises en musique, plusieurs de différentes façons (Recourez aux manuscrits que nous indiquons, p. 27); enfin, quelques-unes

elles arrivèrent jusqu'aux oreilles des anciens
compagnons de Guillaume. Ils le louèrent, avec
toute la France, de sa verve amoureuse, mais
le blâmèrent de les avoir abandonnés pour vivre
en efféminé aux pieds d'une belle à qui ses feux
étaient indifférents [1].

Cédant à ces sollicitations , autant , sans
doute, qu'au dépit de se voir méprisé, il ne
songea plus qu'à retourner en Orient partager
la gloire et les dangers de ses frères d'armes ;
mais avant son départ (1202), donnant satisfaction aux justes reproches de sa conscience, il
s'imposa des sacrifices : notons-les.

Ce fut d'abord un don de quarante sous, au
chapitre de l'église de Chartres, à prendre lors
du décès de Marguerite, religieuse de Bellomer,
sa sœur, sur les revenus de sa mairie de Chartres et d'un de ses moulins.

---

ont été insérées dans des romans au xiiie siècle ; Guillaume de Dole met l'une d'elle dans la bouche d'un de
ses personnages. (Voyez le Ms. du Vatican, n° 1725.
On pourra aussi recourir à l'édition que prépare de ce
romancier notre ami M. Gustave Servois.)

[1] Ce sont conjectures fort plausibles que nous em-
pruntons à M. Paulin Paris. (Voy. page 18, note 4)

En considération de cette même Marguerite, il abandonna ensuite au monastère où elle avait résolu de terminer sa vie tous ses droits dans la dîme de Beville-le-Comte.

Puis , pour obtenir le pardon d'un vieux méfait, jadis commis au préjudice des moines de Saint-Père, il renonça à percevoir certains cens et impôts qu'ils lui devaient chaque année[1].

Ces pieux devoirs remplis, après un dernier adieu à sa trop cruelle maîtresse, il quitta pour jamais l'hôtel du vidamé[2] et se dirigea à

---

[1] *Cartulaire de Saint-Pere de Chartres*, publié par M. Guérard dans la collection des documents inédits, Paris, 1840, impr. royale, t. II, p. 667. — « Il donna aussi 10 sous de rente à prendre le jour de la Nativité Notre-Dame sur les cens qu'il recueilloit à Chartres, du consentement de Mabile, sa femme, d'Anceau de Poissy et de Robert de Tanchenville, ses beaux-frères, pour faire son anniversaire. » Ces lignes sont extraites d'une histoire de Chartres manuscrite, conservée à la Bibliothèque impériale (Gaignières: 665, 1-2), 1er volume ; les autres détails que nous donnons sur la vie de Guillaume y sont confirmés.

[2] On sait où il était situé à l'époque de Guillaume : c'était rue Saint-Etienne, non loin de la chapelle de ce nom qui depuis s'est appelée église Saint-Jean ;

grandes journées vers Constantinople. Malgré son empressement, nul besoin de dire qu'il n'assista pas au siége glorieux de cette ville. — Les regrets qu'il en éprouva, joints aux fatigues du voyage, le mirent, un instant, aux portes du tombeau. C'est du moins ce qu'on peut supposer; car durant le temps qui s'écoula entre son départ de Saint-Jean-d'Acre et son arrivée à Constantinople; il tomba malade, si bien qu'il jugea prudent de faire encore, pour le salut de son âme, quelques legs pieux. Nous traduisons le premier venu :

« Je fais savoir, dit Guillaume dans cet acte important, que, jadis, me trouvant en bonne santé dans la ville de Saint-Jean-d'Acre, j'avais fait don à Dieu et aux frères de la sainte milice du Temple d'un muids de blé par an : aujourd'hui, malade à Constantinople, j'ajoute au précédent un autre muids de blé. En retour, ces religieux·m'ont reçu dans leur confrérie, apte à

postérieurement, vers le milieu du xiiie siècle, les vidames allèrent occuper le vieux palais des évêques nommé le Châtelet.

participer aux avantages et aux prières communes. Fait au mois d'avril 1204[1]. »

Ici grand désaccord entre les historiens. Quand est mort le vidame de Chartres?

Les uns prouvent qu'il expira des suites de son mal; les autres démontrent que la santé lui revint et que les Templiers l'élurent grand maître en 1217. Pour nous, il nous semble

------

[1] Voici dans son entier cette pièce que nous avons cru devoir abréger en la traduisant :

« Ego Villelmus, vice-dominus Carnotensis, notum facio quod ego apud Syriam, in Acon civitate, dum adhuc plena corporis sanitate vigerem, dedi et concessi Deo et sacræ militiæ Templi, pro remedio animæ meæ, unum modium annonæ, in horreo meo de Generville, per singulos annos assignatum. Tandem vero accedens Constantinopolim, in lecto ægritudinis, Dei voluntate, constitutus, in bona memoria mea, fratribus ejusdem militiæ, alterum modium annonæ in ipso horreo meo de Generville, de consilio et voluntate domini Gervasii de Castello et domini Güillelmi de Cubitis dedi et concessi; predicti etiam fratres me in confratrem Templi receperunt, nec non bonorum domus atque orationum participem me fecerunt. Anno Domini 1204, mense aprili..» *Cartulaire de Saint-Père de Chartres, loc. cit.*

plus prudent de nous abstenir : la question
reste indécise. Libre à ceux qui adopteront la
dernière version de ne pas faire mourir le
vidame de Chartres Guillaume avant 1219, époque à laquelle décéda en Égypte le grand
maître Guillaume de Chartres[1].

Une dissidence plus grave est celle qu'il y a
entre Laborde, l'historien de la musique[2], et
les critiques modernes. Moins réservé que Fauchet, qui s'était contenté de dire[3] : « Je ne scay
pas le nom de ce seigneur, ni s'il estoit du nom de
Vendosme ; » il affirme que le vidame de Chartres, auteur des chansons, est « Matthieu de la
maison de Vendôme, qualifié panetier de France
dans un état de la maison du roi Philippe le Bel

---

[1] Consultez les savantes notices consacrées par
M. Paulin Paris au vidame de Chartres, d'abord dans
son *Romancero, histoire de quelques anciens trouvères
et choix de leurs chansons,* Paris, Techener, 1832,
in-12 p. 117, puis dans l'*Histoire littéraire de la
France,* t. XXIII et dans ses *Manuscrits françois,
Paris, Techener,* 1837 et suiv., 7 vol. in-8. t. VI, p. 454.

[2] T. II, p. 178, etc.

[3] *OEuvres, Paris, David-Le Clerc,* 1640. 1 vol.
in-4º, p. 570.

de l'an 1288. » Un Mathieu vidame de Chartres a existé en effet, mais bien plus tard, et n'a pu, par conséquent, s'inspirer, comme le dit Laborde, aux chants de Thibaut de Champagne dont il le fait l'ami : les vidames de Chartres de la maison de Vendôme n'apparaissent dans l'histoire que deux siècles après ce célèbre trouvère[1].

Une autre erreur, rendue facile par l'identité des armoiries[2], est celle qui avait fait donner au vidame de Chartres le nom de Guillaume de Meslay; deux personnalités pourtant bien distinctes: vous l'allez voir.

Le père de notre poëte, nommé aussi Guillaume de Ferrière, et comme lui vidame de

---

[1] Toutefois, il faut faire remarquer qu'à l'époque dont parle Laborde, existait un Mathieu de Meslay, vidame de Chartres; c'était un membre de la famille de Meslay-le-Vidame qui posséda pendant deux siècles le vidamé : il va en être question tout à l'heure.

[2] Champ d'or, bordé de sable, à l'orle de merlettes de même. Le Mss. B (voyez page 28, ligne 3) représente en tête de la première chanson du vidame de Chartres un chevalier en grand costume, portant un bouclier sur lequel ces armoiries sont peintes.

2

Chartres, avait eu de sa femme Marguerite six enfants dont trois fils. Ceux-ci lui succédèrent d'abord. Après la mort du dernier d'entre eux, leur sœur cadette, Hélissende, veuve de Robert de Tachainville, hérita du vidamé : de ses mains il passa dans celles de son gendre, le Guillaume de Meslay en question, qui prit les armes en même temps que le titre de son arrière-beau-père; et, de là, confusion [1].

Il est temps de parler des poésies de Guillaume de Ferrière. Nous serons bref, c'est de toute justice; elles sont peu nombreuses.

Commençons par dire qu'elles ne méritent que

---

[1] Les archives du département d'Eure-et-Loir contiennent une foule de pièces signées par des vidames du nom de Meslay; à l'une d'entre elles, datée de 1291, est attaché un sceau représentant exactement ces armoiries qu'Hélissende de Tachainville avait léguées à cette famille. Nous devons ces détails à la bienveillance de notre confrère, M. L. Merlet, que nous remercions sincèrement ici des différentes communications qu'il a bien voulu nous faire. Au courant de toutes les richesses que possède le vaste dépôt qui lui est confié, ce savant archiviste a publié au *Bulletin du Comité de la langue* plusieurs documents importants dont un pour la famille de nos vidames.

des éloges ; toutes parlent des joies et des souffrances du *plaisant* mal d'aimer dans les termes les mieux choisis. Rien de plus gracieux n'est sorti des mains du châtelain de Coucy et de sa brillante école : il s'en échappe un doux parfum de naïveté qui ne les rend pas moins recommandables que leur âge.

Si Guillaume de Ferrière n'a composé que les neuf ou dix chansons que l'on va lire, il s'est montré habile homme. Les grands trouvères connaissaient l'insuffisance des couleurs de leur palette. A ceux qui voulaient marcher sur leurs traces, ils conseillaient d'en dire peu. Thibaut de Champagne, en particulier, se moque bien agréablement de ses confrères : il rappelle l'abus fait par eux de diverses expressions ou pensées, et il dit : « Les *feuilles* et les *fleurs* ne servent en chantant qu'à ceux qui ne savent pas *trouver* d'autres sujets. »

Nous avons, mais en vain, cherché le nom de la personne qui a inspiré le vidame de Chartres : c'était une femme mariée d'une beauté bien remarquable, si l'on en croit ces mots de son chantre zélé.

« Dame pour qui je pleure et soupire, nulle femme que vous ne me toucha jamais. Lorsque je vous contemple, je loue mon cœur d'un choix si haut placé : cependant, il s'est trompé, puisque vous me laissez mourir.

« Chanson, en t'éloignant, dis à cette belle tant favorisée par Dieu, que nulle femme ne peut la balancer, qu'aucune ne fut plus remplie de charmes; dis-lui qu'il n'est pas bien de laisser ainsi son ami mourir. »

Les chansons nous donnent à entendre que la crainte d'un scandale avait, seule, engagé Guillaume à se croiser pour la première fois; qu'il revint, comme nous l'avons dit, poussé par sa passion, et que cette même passion, n'ayant point trouvé à se satisfaire, le contraignit à quitter une seconde fois [1] le pays Chartrain.

---

[1] Je dis *une seconde fois*, j'avais d'abord écrit *pour toujours ;* mais ce serait me rendre à l'opinion des critiques qui font mourir le vidame sous les habits d'un templier, et je me sens, au contraire, fort porté à croire qu'il revint achever ses jours dans son pays. Les chartes des archives d'Eure et-Loir, au besoin, me serviraient de garants; il s'en trouve plusieurs

Le culte que les grandes dames de ces temps professaient pour la bravoure n'est-il pas la cause des dédains contre lesquels vint se heurter notre vidame[1]? Nul motif pour que son amante ne fût pas imbue des défauts de ses compagnes. Quitter les armées croisées, abandonner les travaux longs et périlleux d'un siége, tout cela témoignait d'un manque de cœur indigne d'être récompensé par l'amour. Guillaume de Ferrière n'est donc point à plaindre.

« Au défaut de la lance, prenez l'épée, a dit un troubadour[2], et frappez si fort que le ciel et l'enfer vous renvoient en échos les bruits de vos coups. Ainsi j'ai frappé de tout temps : les plus belles et les meilleures dames se font gloire de m'être soumises! »

Les poëtes qui dans leurs vers se plaignent le plus des dames sont donc ceux qui ont le moins

écrites au nom de Guillaume de Ferrière en 1208, 1210, 1211.

[1] En outre, il était marié (on a vu le nom de sa femme, p. 15, note 1); quoi d'étonnant à ce que les dédains de sa maîtresse fussent les effets de sa jalousie?

[2] Arnaud de Marsan.

sacrifié à la bravoure et exposé leur vie : je vous donne un criterium sûr pour les juger ces messieurs des xiie et xiiie siècles[1]. C'est déjà, du reste, un signe de lâcheté non petite que de mal parler du sexe faible[2].

Nous n'avions, en compilant cette notice,

---

[1] Telle est notre opinion : ce n'est pas celle de tout le monde, et l'on pourra crier au paradoxe, à l'erreur historique ; si l'on a des preuves pour la thèse contraire, j'en ai pour la mienne : ce n'est point ici le lieu de la soutenir, un volume ne suffirait pas.

[2] Il y a tant de gens à manquer d'esprit, de courage ou de grandeur d'âme, qu'on s'est exercé à loisir sur ce sujet. Richard de Barbésieu n'a rien trouvé de mieux que des vers qu'on peut traduire ainsi : « Chez les femmes, la fidélité se trouve aussi facilement que de saints objets dans la fosse aux chiens morts. Avoir confiance en elles, c'est mettre le jeune poussin sous la garde de l'oiseau de proie. La nature les prive-t-elle d'enfants, elles en supposent pour se procurer les avantages que les lois réservent aux mères. Par leurs vices, ce que vous repoussiez hier, aujourd'hui vous l'aimez : ce que vous aimiez devient l'objet de votre haine. Se corrompre tour à tour, voilà l'unique but de leurs actions ; ensuite, elles rient de leurs vices, ou s'en justifient ! » Que d'écrivains ont fait ainsi de leur siècle le bouc émissaire de leur dévergondage !

d'autre prétention que d'offrir à nos lecteurs la
généralité des renseignements fournis par la
critique moderne sur le vidame de Chartres. Ce
but est rempli. Qui voudra mieux connaître
le chansonnier, devra maintenant étudier son
œuvre. Mais, nous pourrait dire un esprit mo-
rose après l'avoir lu : Pourquoi cette préférence ?
Que de poëtes non moins inédits que celui-là
eussent été plus intéressants à publier ? Question prévue , question résolue. Nous avons
voulu en cela rendre hommage aux écrivains de
toute espèce et principalement aux poëtes.
aux chansonniers qui ont vu le jour dans les
murs de Chartres dont notre vidame est origi-
naire : nous avons voulu à cette noble phalange
ajouter un nom qui n'est pas le moins illustre
et qui, de plus, possède l'avantage d'être surgi
le premier, d'avoir précédé tous les autres dans
les champs glorieux où ils ont conquis leurs
chevrons.

LISTE

DES MANUSCRITS

D'OÙ SONT EXTRAITES

LES POÉSIES DE GUILLAUME DE FERRIÈRE.

Les poésies du vidame de Chartres sont au nombre de neuf : nous les avons recueillies dans dix manuscrits appartenant tous à la bibliothèque impériale[1]. En voici les titres, avec l'énumération des chansons qu'ils contiennent.

---

[1] Tant de copies nous ont forcé à établir pour chaque chanson une orthographe à peu près uniforme. Nous n'avons rien changé aux manuscrits ; mais nous avons adopté de préférence, parmi les formes diverses employées par eux, celles qui se rapprochaient le plus des nôtres comme *qui* au lieu de *ki; ceus* au lieu de *ceaux; ce* au lieu de *cou; je* au lieu de *jeu*, etc.; ayant soin toutefois de relever les principales variantes que nous n'adoptions pas.

A. [1] 184, suppl. fr. [2]

I [3], II, III, IV, V.

B. 7242.

I F [4], II F, III, IV F, V.

C. $\frac{7242}{1}$ (*Anc. Cangé.* 65).

II, III, IV, V, VI, VII, VIII.

D. $\frac{7222}{2}$ (*Anc. Cangé,* 66)

.III, IV, V, VI, VII, VIII.

E. $\frac{7222}{3}$ (*Anc. Cangé,* 67).

II, III, IV, V, VI, VII, VIII.

F. 59, La Vallière.

IV, V, VI, VII, VIII.

---

[1] Cette lettre et les suivantes serviront à désigner plus brièvement les manuscrits dans le courant du livre.

[2] Nous ne donnerons qu'une indication sommaire, parce que la plupart de ces manuscrits ne sont point encore paginés.

[3] Ces chiffres sont les numéros d'ordre des chansons, dans notre édition.

[4] Cette lettre veut dire Fragments. Dans ce manuscrit, des chansons ont été coupées ou arrachées.

G. 7613.

I, III, V.

II. 8, Mouchet (*Copie d'un Mss de Berne*.

III. IV, V, VI, IX.

I. 1989.

II, IV, V, VI, VII, IX.

J. 7182 [1].

IV.

---

[1] Laborde qui connaissait tout l'œuvre du vidame, moins notre Salut d'amour :

Desconcilliés plus que nul hom qui soit, etc. (IX), l'avait lu dans six manuscrits : un du roi (notre 184, suppl. fr.) ; trois des bibliothèques de Noailles, de Sainte Palaye, de Clairembaut, j'ignore leur destinée ; un de la bibliothèque du marquis de Paulmy, que je crois être le n° 63, Belles-Lettres, de l'Arsenal ; un, enfin, du Vatican, contenant nos chansons I, II, IV, V, VIII ; c'est, sans doute, le n° 1725, d'aujourd'hui:

CHANSONS

CHANSONS

I[1]

(A. B(F). G.)

Combien que j'aie demouré
Hors [2] de ma douce contrée,
Et maint grant travail enduré
En terre maleurée,
Pour ce n'ai-je pas oublié
Le dous mal qui si m'agrée,
Dont jà n'en quier avoir santé,
S'en France ne m'est trouvée!

---

[1] Cette chanson est attribuée à Gautier de Soignies dans un des manuscrits consultés par Laborde (*Hist. de la Mus.*, t. II, p. 319).

[2] Var. *Fors*. G.

Si me doinst Diex joie et santé !
La plus belle qui soit née [1]
Molt me confort en sa beauté
Qui si m'est el cuer entrée ;
Et se je muir en ce pensé,
Bien cuit m'ame avoir sauvée
C'or m'eust ce son lieu presté [2],
Diex ! cil qui l'a espousée !

Hé ! Diex ! Trop sui maleurés,
Se cele, ne ot ma proière [3],
A qui je me suis tout donés,
Et si ne m'en puis traire arrière [4].
Molt longuement me sui celés
Por cele gent mal parlière,
Qui jà leur cuers n'aront lassés
De dire mal en derrière !

Ha ! douce riens ne m'ochiés !
Ne soiés crueusse, ne fière,
Vers moi qui plus vous aim qu'assés
D'amours loial et entière.

---

1 Var. *La plus belle ains qui soit née.* G.
2 Var. *Car m'eust ore son, etc.* G.
3 Var. *Se cele n'ot ma prière, etc.* G.
4 Var. *Si ne m'en puis retraire, etc.* G.

Et se pourtant vous m'ochiés,

Las ! Trop achaterai chière [1]

L'amor dont tant serai grevés ;

Mais or m'est douce et legière [2] *!*

---

[1] Var.   *Las ! Trop l'achaterai, etc.* G.

[2] N'est-ce pas aussi clair que poétique? Nous n'avons pas jugé utile d'expliquer un seul mot de ces neuf charmantes pièces : — il y a aujourd'hui cent glossaires ou lexiques de notre ancien langage qui tireront nos lecteurs d'embarras si par hasard quelque difficulté les arrête.

II[1]

(A. B(F). C. E. I.)

Tant com je fusse hors[2] de ma contrée,
Ne peust la joie à moi venir[3] ;
Car quant remir la bien faite, senée,
Moi est avis ne l'doie revéir[4].
En sus de li ai fait grant demorée
En une terre où estre ne desir ;
Miex amasse là où elle fu née.

Liés fus quant vis de Blois la retournée,
Et je bien sus que m'en-dus revenir
A la plus tres belle rien qui soit née,
A qui je suis s'el me veut retenir.

---

[1] Chanson attribuée à Robert de Blois dans plusieurs manus-
scrits, et publiée par M. P. Paris dans le *Romancero*, p. 117.
[2] Var. *Fors.* I.
[3] Var.   *Ne deust pas à moi joie venir.* I.
[4] Var.   *Et quant esloig celi c'ai tant amée*
        Ne cuit que jà la doie reveir. I.

Pour Diex la prie, qui tant l'a honorée
Que chascun qui la voit en a desir,
Qu'elle ait merci de moi, sans demourée [1].

A l' païs suis ou cele est qui m'agrée,
Où ne l' puis pas à mon voloir véir ;
Car tant redout la cruel gent baée [2],
Que je ni os ne aler ne venir.
Miex aim de li avoir dure pensée,
Que d'une autre grignors biens à tenir,
Tant aim de li la douce renomée !

Si me doinst Diex de la très belle née
Joie et soulas, ainsi com je désir ;
Que nule rien fors s'amour ne m'agrée,
Si m'a atrait à son très dous plaisir.
Diex ! Est ce jà que la tiègne à celée,
Entre mes bras, nu à nu, à loisir !
Oil, s'amours vuelt que j'aie durée.

---

[1] Var.   *Ains prie à Dieu qui tant l'a honorée*
            Qu'ottroit chascun qui la voit qu'il li prit
            Qu'elle ait de moi merci sans demorée. I.
[2] Var.   *Cele gent esgarée.* I.

Dame pour qui j'ai si lie pensee
Qu'autre joie ne s'i puet aatir,
Nus qui vous a véue, n'esgardée,
Ne se porroit de vous loer tenir :
Qu'avec beauté vous est bonté donée.
Si, me dois molt loer et chier tenir
Quant j'ai beauté et bonté en amée.

Boiche riant, face rencolorée,
Simple regart et de double beauté.
Vostre amis muert, l'arme en est jà alée ;
Jusqu'a tier jour l'aurez entroblié.
Dame merci, si est ma joie doblée.
Ou se ce non, je l'di pour verité,
Que Diex et vos avez ma mort jurée.

Quant Diex ot fait toute rien enformee,
De nule part ne trouva sa nonper.
Bien deust estre ens el ciel coronée,
Devant celi qui tout a à garder,
S'angeles amast, primiers l'eust amée [1] *!*

---

[1] Ces deux derniers couplets sont extraits du manuscrit 1. Ils n'existent pas dans les autres.

III [1]

(A. B. C. D. E. G. H.)

D'amours vient joie et honor ensement

A ceux qui sont loial en son service ;

Ne nus ne puet avoir entièrement

Prix, ne valour, s'amours ne le justice.

De ce ai bien lu verité aprise ;

Pour ce, la sers de fin cuer, loiaument,

Et amerai, sans nul définement,

Ma dame et li, si est la chose emprise.

Bien doit savoir qui tel amours emprent,

Qu'en son cuer n'ait fauseté ne faintise ;

Car j'aim tous ceux plus que moi, n'autres cent [2],

---

[1] Le manuscrit H attribue cette chanson au châtelain de
Coucy. Laborde l'a rencontrée sous le nom de Oudart de Lu-
ceni.

[2] Var. *Tant.* G.

Autre.   *Car j'aim tous ceauls plus que moi ou atant*
            Ceux que je sai, etc.   H.

Les queus je sai que ma dame aim et prise.
Dedens mon cuer se ralume et atise
Très fine amours, qui tout mon cuer esprent,
A bien amer, ce saichiés vraiement,
Par beau servir est dame à droit conquise [1].

Miex ameroie itel conquestement [2]
Qu'Espaigne au jour que li bons rois l'ont prise.
Charlemaines qui en fist son talent [3] *;*
Hé ! Diex, m'est jà s'amours nul jour promise [4] *!*
Ne puis savoir coment, ne en quel guise,
Puisse avoir d'autre amours mon cuer dolent,
Qu'en bon espoir à bel confortement
Qui tel dame aim et est à sa devise.

Ne vous pri pas, dame, trop baudement ;
Mais molt atrait et poerousement
Vous ai merci aucune fois requise [5].

---

[1] Var. *Par bien servir est dame tost conquise.* G.

[2] Var. *Conchiement.* G.

[3] C'était là un des grands exploits que les trouvères et jongleurs aimaient à rappeler.

[4] Var. *Hé! Diex m'est jà nul jour s'amour promise.* G.

[5] Ces trois vers se retrouvent seulement dans H.

IV [1]

(A. B (F). C. D. E. F. H. I. J)

Li plus desconfortés du mont

Sui, et si chant com en voisiés,

Ne jà Diex joie ne me doint

De ce dont je vueil estre liés [2],

S'uns autres en [3] *fust enragiés ;*

Mais [4] *ma loiauté me confont :*

Or voi [5] *bien que li amant* [6] *sont*

Mort et trahi [7].

---

[1] Le manuscrit F attribue cette chanson à Chrestien de Troyes ; deux manuscrits de Laborde l'attribuaient à Gaces Brulé ; un autre à Tibaut de Blazon.

[2] Var. *De la dont plus doie estre liés.* H et I.

[3] Var. *N'en.* A et H.

[4] Var. *Que.* I.

[5] Var. *Sai.* H.

[6] Var. *Autre.* F.

[7] Var. *Honni.* F.

Qu'à guerredon ai failli [1],

Pour ce que j'ai trop servi [2].

Mais s'amours et ma dame m'ont trahi.

Seur eus soit [3] *li pechiés ;*

Trahi, je mens, certes non ont [4],

Mais mes faus [5] *cuers outrecuidiés*

Qui en ma dame est si plongiés [6],

Que tous li cuers m'en art et font,

Et mi œil me parocchiront

Dont je la vi,

Qu'à gueredon ai failli,

Pour ce que j'ai trop servi.

Mi œil n'en sont pas à blamer,

Li sien m'ont mort, et Diex! coment ?

Ne [7] *sunt il vair* [8], *riant et cler ?*

Oil voir ! Car trop doucement [9]

---

[1] Var.   *Au guerredon ai failli.*   I.
[2] Var.   *Pourceque trop ai servi.*   I.
[3] Var. *En est.*   F.
[4] Var.   *Trahi, non ont, certes je ment.*   F.
[5] Var. *Folz.*   I.
[6] Var.   *Qui s'est si en ma\dame plongiés.*   F et I.
[7] Var. *Jà.*   H.
[8] Var. *Bel.*   I.
[9] Var.   *Par Dieu! Trop doucement.*   F.
Autre.   *Voire voir | mais que trop sovent*
             Lor voi resgarder, etc.   H

Sevent esgarder l'autre gent;
Pourtant m'occhiront mi penser[1],
Ne jà Diex ne li laist trouver[2]
Si vrai ami[3],
Qu'à gueredon ai failli,
Pour ce que j'ai trop servi.

Jamais voir ne la quier[4] *amer*[5].
Qu'elle m'occhist à escient,
Et si n'en puis mon cuer oster[6]
De li qui[7] *m'atise et esprent*[8];
Puis qu'autres pitiés[9] *ne l'en prent,*
Haïr la vueil et desirer.
Et ma douce dame apeller[10]
Quant je m'oubli[11]

---

[1] Var.   *De ce m'ocient li penseir.*   H.
[2] Var.   *Or ne li doinst j'ai Deus troveir*   H.
[3] Var. *Vraiement.*   F.
Autre. *Loiaul ami.*   H et I.
[4] Var. *Cuit.*   I.
[5] Var.   *Voir, or ne la quier ameir.*   H
[6] Var.   *Si ne puis pas mon cuer oster.*   H.
Autre.   *Mon cuer ne puis je pas oster.*   I.
[7] Var. *Qui de li.*   I.
[8] Var. *Emprent.*   H.
[9] Var. *Et puis que pitiés.*   I.
Autre. *S'aucune pitiés.*   H.
[10] Var. *Clamer.* F.
[11] Var. *Quant m'en oubli.*   F.

Qu'à gueredon ai failli
Pour ce que j'ai trop servi.

Certes, se ma dame voloit [1],
Aincor seroie fins amis.
Signor, pour Diex, qui li voldroit?
Se mes fins cuers m'avoit occhis [2],
Que malgré mie s'est en li mis [3] :
Car s'un tel semblant me faisoit [4]
Mon cuer et mon cors raveroit [5]
    En sa merci,
    Qu'à gueredon ai failli
    Pour ce que j'ai trop servi [6].

---

[1] Var.   *Se ma dolce dame, etc.* 1.
[2] Var.   *Se mes fox cuers s'estoit occhis.* I.
[3] Var.   *Qui, contre moi, s'est en li mis.* I.
[4] Var.   *S'un soul dolz regard me faisoit.* I.
[5] Var.   *Lo cors auvec lo cuer auroit.* I.
[6] Ce dernier couplet ne se trouve que dans les manuscrits H et I.

V [1]

(A. B. C. D. E [2]. F. G. H. I.)

Quant [3] *la suison de l'dous tems s'asseure* [4],
Que biaus estés se raferme et resclaire [5],
Que [6] *toute riens à sa droite nature* [7]
Vient et retrait, se trop [8] *n'est de mal aire,*
Lors chanterai que plus ne m'en puis taire [9]

---

[1] Attribuée à Gaces Brule dans les manuscrits F et H; au châtelain de Coucy dans G; enfin, se trouve dans le roman de Guillaume de Dole (Mss du Vatican). A. Keller l'a publiée (voy. *Romwart*, p. 252); mais avec des fautes. Sachons gré à notre ami M. Gustave Servois d'avoir bien voulu mettre sa copie à notre disposition.

[2] Elle est répétée deux fois dans ce manuscrit : aux pages 6 verso et 122.

[3] Var. *Avant.* A.

[4] Var. *S'asegure.* A, C et I.
Autre. *Se rasseure.* H.
Autre du vers entier :
> *Quant li dous tens et la sesons s'asseure.*
>> Ms. du Vatican.

[5] Var. *Sera fraine et esclaire.* G.

[6] Var. *Et.* H.

[7] Var. *A sa douce nature.* F. H. I.

[8] Var. *Moult.* F.

[9] Var. *Chanter m'estuet car plus ne me puis taire.*
>> H et ms. du Vatican.

Pour conforter ma cruel aventure
Qui m'est tournée à grant desconfiture [1].

J'aime et désir ce qui de moi n'a cure ;
Las ! Je li dis : amours le me fist faire !
Or me het plus que nule créature,
Et as autres la voi si debonaire [2] !
Diex ! Pour quoi l'aim quant je ne li puis plaire :
Or ai-je dit folie sans droiture
Qu'en bien amer ne doit avoir mesure [3].

A ma doleur n'a mestier couverture,
Si sui soupris que ne m'en puis retraire [4] :
Ce sont mi oeil, par lor bone aventure,
Qui ce m'ont fait qu'il ne poent deffaire :
Ne je de li ne puis nul amours traire,
Ses felons cuers qui point ne m'asseure [5].
Mort m'avera se sa guerre me dure [6] !

---

1 Var. *Mésaventure.* H, I et ms. du Vatican.
2 Var.   *Seur moi la truis si cruele et si dure*
                 Et vers tous autres la truis si debonere ! F.
3 Var.   *Ne convient pas mesure.* F.
4 Var.   *Que je ne sai que faire.* I.
5 Var. *Pour tel dolor et pour tel mal atraire,*
            Qui m'a ce fait que nous ne puet deffaire
            Ses simples vis et sa clere figure. I.
Autre du dernier vers :
            Fors ses gens cors qu'envers moi est si dure. H.
6 Ce couplet ne se trouve pas dans F.

Amours, amours, je muir et sans droiture[1] :
Certes ma mort vous devroit bien desplaire[2] ;
Car en vous ai mise toute ma cure[3],
Et mon penser dont j'ai le jour cent paire[4] :
S'or vous devoit mes beaus services plaire[5],
Si en seroit ma joie plus seure[6],
Qu'on[7] dist piechà qu'il est de tout mesure[8].

Que[9] crueus fait mes cuers s'il li otroie[10]
Moi à haïr[11], dont je la voi certeinne,
Qu'en tout le[12] mont ne li[13] demanderoie
Rien fors s'amours qui[14] à la mort me mainne.
S'ele m'occhist moll[15] fera que villaine

---

1 Var. *Amours je muir que rien ne m'asseure.* F.
2 Var. *Vous deveroit desplaire.* A.
3 Var. *Car envers vous ai du tout mis ma cure.* G.
4 Var. *Et mes pensers dont j'ai plus de cent paire.* G.
5 Var. *S'or vous peust mon biau service plaire.* G.
6 Var. *Mout en seroit ma vie plus seure.* F.
Autre. *Lors en seroit, etc.* G
7 Var. *L'en dist, etc.* F.
8 Ce couplet n'existe pas dans H ni dans I.
9 Var. *Mout.* I.
10 Var. *Que est-ce que fait ces cuers s'il li otroie.* G.
11 Var. *A greveir.* G.
12 Var. *Cest.* I.
13 Var. *Plus ne.* H.
14 Var. *Fors que s'amours, etc.* C. G. H. I
15 Var. *Trop.* I.

Et s'ensi est que, pour li, morir doie,

Ce est la mort dont miex[1] morir voudroie[2].

---

[1] Var. *Plus.* Ms. du Vatican.

Autre. *Je.* I.

[2] Var. *Devroie.* G.—Ce couplet ne s'est pas trouvé dans F.

SALUTS D'AMOUR

SALUTS D'AMOUR

VI[1]

(C. D. E. F. H. I.)

Tant ai d'amours qu'en chantant me fet[2] plaindre,

Ce m'est avis, en estrange manière[3] :

Car adès pens' que par ce doie ataindre[4]

Là où je n'os' parler d'autre[5] prière,

Et des paors est ce la moie graindre

---

1 Ce salut d'amour est attribué à Gaces Brule dans F, à Blondels de Neelle dans H et à Jacques de Chison dans un des manuscrits consultés par Laborde.

2 Var. *M'estuet.* E. H. I.

3 Var. *Ce m'est avis en estrange manière.* H. I.

4 Var. *Pour ce cuidai à bone amor antandre.* H.

5 Var. *Autre faire.* H.

Autre. *A voir autre* I.

Que ne l' sachent cele gent mal parliere [1]:

Car [2] adès font la bone euvre [3] remaindre,

Et les amans metent du tout arrière [4]

    Sans joie avoir [5],

Dame merci, cele que j'ai plus chière [6],

    Sans decevoir.

Or [7] me convient essaier [8] et ataindre,

Mais trop connoit amours à coustumière

Qui les siens veut trop grever et destraindre.

Las [9]! je ne sai où conseil en requière :

Car [10] tout souef me font le cuer [11] estraindre

Neist mon vueil ne parust à ma chière.

Par maintes fois me sui penés de faindre

---

[1] Var. *Cele gent novelière.* H. I.

[2] Var. *Qui.* I.

[3] Var. *Amor.* H.

[4] Var. *Ont tous jours trais arrière.* H.

Autre. *Traient tos jours arriè.e.* I.

Autre. *Traient auques arrière.* E.

[5] Var. *De joie avoir.* De même à tous les couplets. H. I.

[6] Var. *Del mont la mues amée.* E. H.

Autre. *Que j'ai el mont plus chière.* De même à tous les cou
plets. H.

[7] Var. *Moult.* H.

[8] Var. *Endureir.* H.

[9] Var. *Mais.* H.

[10] Var. *Deus!* H.

[11] Var. *Mon cuer.*

D'autre semblant que li penser n'en ière,
Por joie avoir.
Dame merci, cele que j'ai plus chière,
Sans decevoir.

Dame merci, tant ma mort esperance
Et la dolour que je ai tant portée!
Et se je muirt, c'est trop fière venjance,
Ce poise moi qu'elle en sera blamée :
Ce n'a m'estier ; metre doi en souffrance,
Autrement n'est ma joie recouvrée :
Car se de li ne vient la delivrance
Partir m'estuet de su douce contrée,
Sans joie avoir,
Dame merci, cele que j'ai plus chière,
Sans decevoir [1].

Maint jour li ai [2] *ceste merci requisé ;*

---

[1] Variante du couplet entier.
Bealx sire Dieu! com est morte esperance
Et la dolour qui m'est au cuer entrée!
S'elle m'ocist moult est povre venjance :
Ce poise moi qu'elle en sera blamée.
Et n'ai mestier : coment donc ? Par souffrance,
Porroit estre ma joie recovrée.
Se de par li ne me vient delivrance,
Bons jours serai, mais fors de sa contrée,
Sans joie avoir, etc. E. I.
Var. *Tant li aurai ceste merci requise, etc.* H.

Diex! Tant la vueil, je ne sai que la voie [1].

Et si ne sai qui l'en a si esprise

De moi grever, car en li me fioie [2].

Va la chanson, si li di et devise [3]

Les maux que sent et seuffre [4] *toute voie*

Car se longues [5] *me tient en sa justice,*

Dont sai je bien que desirreus morroie [6]

    Sans joie avoir,

Dame merci; cele que j'ai plus chière,

    Sans decevoir.

Ains de voloir ne vi faire justice [7];

Mais or m'occhist la riens que plus voldroie :

Or voit amours qu'a servir l'ai emprise,

Por nulle rien ne m'en departiroie.

Diex! Jà, dist on, qu'il a en li franchise,

Se c'estoit voir, volentiers le sauroie.

Celle est telle com chascuns la me prise :

---

1 Var. *Ne cuit que j'ai la voie.* H.

2 Var. *Celle en je me fioie.* H.

3 Var. *Si li di sans faintise.*

4 Var. *Les maux que j'ai et que sent.* H.

5 Var. *Si longuement.* H.

6 Var. *Mais si de moi ne li est pitiez prise,*

    Je sai, de voir, que longues ne vivroie,

        Sans joie avoir, etc. E.

7 Var. *Ains de voloir n'oi faire justice.* E.

    « On ne joue pas la volonte, » dit un proverbe.

Jamais nul jour mal estre n'en voldroie[1],
    Por joie avoir,
Dame merci, cele que j'ai plus chière,
    Sans decevoir.

Sor toutes riens vuil avoir s'acointance :
Diex! pourquoi l'oi que ne me fu vehée;
Que ce me trait l'ire et la grant pesance[2]
Qui jamais m'est de ce mien cuer ostée.
Ha! qu'ai-je dit, ains est siens sans faillance,
Non est, par foi, puisque ne li agrée,
Ne miens, ne siens, dont est-il en balance[3],
Si ne puet pas avoir longue durée,
    Sans joie avoir,
Dame merci, cele que j'ai plus chière.
    Sans decevoir.

---

[1] Variante des cinq derniers vers :
Et que por riens partir ne m'en porroie :
Diex! jà, dit l'en, qu'en amours a franchise;
Je cuit mais plus volentiers le sauroie
Que s'ele estoit com chacun la devise,
Ja, voir, de lui, ce cuit, ne partiroie. E.
Autre des quatre derniers :
Tant a d'onor et si bien est aprise
Que jà sans li jour vivre ne querroie
Se ele est telx com chascuns la devise,
Donc sai-je bien que jà jour ne seroie. I.
[2] Var. *Car ce m'atrait lo duel et la pesance.* I.
[3] Var. *Miens, c'ai-je dit, ains est siens sans doutance :*
Non est, par foi! car il ne li agrée;
Ne miens, ne siens, or est donc en balance, etc. I.

VII[1]

(C. D. E. F. I.)

Quant florissent [2] *li boscage,*

Que pré sont vert et flori

Et [3] *cil oisellon sauvage*

Chantent au dous tems seri,

Et je plus plaing [4] *mon damage.*

Quant plus je et chant et ri,

Moins ai joie en mon corage [5]

Et si me muir por celi

Qui n'en daigne avoir merci :

---

1 Cette jolie pièce, dont Fauchet a cité le cinquième couplet comme un modèle, est attribuée à Gaces Brulé dans le manuscrit F.

2 Var. *Foillissent.* C.

3 Var. *Que.* E.

4 Var. *Las! Et je plain, etc.* I.

5 Var. *Plus ai en mon cuer mal age.* F.

Autre. *Plus ai duel en mon corage.* C.

Si ne me tieng pas[1] *à sage*[2].

Seur tous connois mon folage[3]
Moi que chant, je sai de si
Qu'amer à tel seignorage,
Qu'il le m'estuet fere ainsi.
Si servirai mon eage
Tant qu'elle ait de moi merci
La belle, la preus, la sage,
Pour qui j'ai soulas guerpi ;
Dont fine amour m'a traï
Qui m'occhist en son hommage.

Amours en vostre servise
Me suis mis [4] *en non chaloir :*
Si sai bien qu'en nule guise[5]
Ne me porroie mouvoir ;
Ains me convient à devise
Quanque vous voulés voloir.
Mis sui en vostre franchise

---

1 Var. *Mie.* D.
2 Var. *Si ne l'en ting pas à sage.* I.
3 Var. *Par cor connois mon damage.*
4 Var. *M'avez mis.* E.
5 Var. *Si savez qu'en nule guise.* I.
Autre. *Et sachiez par nule guise.* I.

Loiaument, sans decevoir [1],
Mais ne me puis apercevoir
Que pitiés vous en soit prise.

Moult ai en vous pitié quise
C'onques ne li poi véoir,
S'en cele ne l'avés mise
Qui tout le mont set voloir :
Bien avés ma mort emprise
Ne le ne puet remanoir [2];
Car trop ai m'entente mise
En ce qui me fet doloir,
Et quant plus me desespoir
Plus me truis en sa justice.

Dame de valour est la moie [3],
Car tant en ai le mal chier,
Que tout le mont n'en prendroie
S'il me convenoit changier.
Las [4] *! qu'ai dit? Je ne porroie,*
Ne jà volenté n'en quier,
Et ne porquant toute voie

___

[1] Var. *En bon espoir.* E.
[2] Ce vers et les trois suivants manquent dans G.
[3] Var. *Douce dolor est la moie.* Fauchet.
[4] Var. *Diex!* C.

Me fait penser et veillier :
Mais ne me puis esloignier
De li, se morir devoie [2].

Dame, voir, tous i morroie,
Quant je ne vous os prier,
S'en chantant ne vos disoie
Ce dont j'ai greignor mestier.
Belle à qui mes cuers s'outroie
Tuit mi celei de si errier
Sont de vous, où que je soie,
Seulement tant vous requier
Que me feissiez cuidier,
La votre amour avanroie.

Maint felon et losengier
Auront fait maint destorbier
A ces qui amours maiscroie.

---

[2] Ce couplet ne se trouve pas dans E : il est remplacé par les
treize vers qui suivent ; je ne les ai pas rencontrés ailleurs.

VIII[1]

(C. D. E. F)

Chascuns me semont de chanter ;
Mais n'en puis trouver achoison,
Quant cele ne m'i daigne amer.
Qui à tort me tient en prison.
Onques ne vot ma guerison
Querre, ne ma plaie saner,
    Tant m'a haï !
Bien voi fin amant traï,
Quant amours m'a si en haï !

Long tems ai aimé, sans fausser,
Cele dont n'os dire le nom ;
Mais or la puis mal nonmer,
C'onques ne me fist se mal non.

---

[1] Ce salut d'amour est attribué à Gaces Brulé dans F. Il a été publié par Laborde.

Servie l'ai sans traïson,
N'onques ni poi merci trouver :
        Tant m'a haï!
Bien voi fin amant traï,
Quant amours m'a si en haï !

Onques ne poi si biau servir
Ma dame, qui miex m'en feist.
En une heure peust merir
Les maux que j'ai, s'ele volist :
Mais onques talens ne li prist
De moi conforter ne guerir,
        Tant m'a haï!
Bien voi fin amant traï,
Quant amours m'a si en haï !

Dame pour qui plor et souspir,
Ainc fame, fors vous, ne me fist :
Car quant vostre biauté remir,
Mon cuer lo qui si haut s'assist ;
Et ne porquant trop i mesprit
Quant ensi mi lessiez morir,
        Dame merci ;
Bien voi fin amant traï
Quant amours m'a si en haï !

Chanson, di ma dame au partir
En qui Diex tant de biauté mist,
Qu'onques autres ni pot partir,
N'ains nule plus bele ne vi ;
Di li qu'a li pas n'aferist
De son ami lessier morir,

    Tout sans merci ;

Bien voi fin amant trai
Quant amours m'a si en hai

IX [1]

(H. I.)

Desconcilliés plus que nul hom qui soit,
Chans, si ne sai ne pourquoi, ne coment,
Se pourtant non qu'amours m'ont en destroit ;
Se me convient faire tout son talent,
Et je l' ferai, ne puet estre autrement,
Si come cil qui grant mestier auroit
De muels qu'il n'ait, se ma dame voloit ;
Mais ne li plaist que me giest de torment,
Pourtant m'estuet soffrir plus longuement.

Se gueredon fussent rendu à droit,
Desor trestous fust li miens hautement ;
Je fais ensi com loiaus amis doit,   .
Souffre, et desire, et requier et atent.

---

1 Ce salut d'amour, cité par **M. Paulin Paris** comme un des
plus parfaits de nos anciens poëtes, a été publié en partie dans
le XXIIIe volume de l'*Histoire littéraire de la France.*

Mais ma dame le fait à escient,
Si come celle qui bien conoist et voit
Que li jalous la bouette et mescroit,
Qu'onqes n'ama ne solas, ne jovent,
Se me mervoil que pitié ne l'en prent.

Douce dame, bien me souvient du jour
Que vos premiers m'appallastes amis ;
Encor en pri Diex, mercit et aour
Qu'en si haut leu me doignoit consentir.
Mais une rien vous requier et chati
De cele gent dont j'ai si grant paour,
Que moins i ait des nostres que des lour ;
Mais s'en vos ait tant de bien com j'ai dit
Pou nos pouront grever nostre anemi.

Ne cuidiés pas que j'en aille quérant
Si faite amour, com celle autre gent font,
Qui par tout vont les dames essaiant,
Et sospirent ensi com de parfont ;
Et quant il ont esploitié, si s'en vont,
Et vuelent bien qu'on s'en voist percevant.
Jà dame Diex qui j'en trais à garant
No lor aïsí, quant mestier en auront !
Car par eus faut bone amours et desrant.

Grans mestiers fust que j'eusse merci,
S'estre pooit, que trop ai de dolour ,
Mais encore veul-je miex atandre ensi,
Que ma dame me gart à deshonor.
Et pour neient vos penés, traïtor,
Que jà par vos ne seromes traï :
Ma dame a tant sens et proesse en li,
Qu'elle sait bien joer de son meillor,
Ne jà par moi ne sauront ceste amor.

Une chose sachent bien mesdisant :
Je ne sui pas cil qui amours confont ;
Ains en ai plus lo cuer beau et joiant,
Quant me souvient des grans biens qu'en li sont.
Chançon, va t'en à la meillor du mont
Et se li di ce que par toi li mant,
Qu'elle ait merci de son leal amant,
Que li miens cuers la proiet et semont.
Reviens à moi s'elle bien te respont.

Et s'elle va mon salut chalongent,
Il n'i ot plus ; mais mi chant remainront,
Ne jà par moi ne recomenceront.

TABLE DES MATIERES

10ᵉ VOLUME DE LA COLLECTION.

Achevé d'imprimer pour la première fois
à Paris, chez Bonaventure et Ducessois, quai des Augustins, 55,
le vingt octobre M D CCC L VI.

www.ingramcontent.com/pod-product-compliance
Ingram Content Group UK Ltd.
Pitfield, Milton Keynes, MK11 3LW, UK
UKHW021444090726
13657UKWH00003B/1202